JN184151

句集
夏鶯

木津涼太

文學の森

「小波」神坂雪佳

句集　夏鶯　目次

春……5
夏……91
秋……179
冬……263
新年……325
あとがき……342

口絵・挿画　神坂雪佳
装丁　クリエイティブ・コンセプト

句集　夏鶯

春

牡丹雪淵源の空見透かさん

湖やつばくらめのみ目覚めゐて

春雨や豆電球に哺乳つづく

一願実る一花期すぎし庭躑躅

襖換へて独り居の義母藤の花

自若たるか躍起たるかや春大根

藻の春意そこより水の湧きこぼるる

確かな香り紫雲英田に対き歯科医院

山は残雪婢は故郷を語りそむ

畑勤し歩みて癒す春の風邪

和服かろく彼岸線香の煙青く

鳶離り雀は親し紫雲英の野

家族ほどの幟小鯉や山麓

鳶はいま風のままなり母子草

京も外れの坂さみどりや蓬餅

起重機は闘ふべく起つ春の雲

湧き水に浸りて喜色水草生ふ

家郷なほ育ちて松と花杏

大気吸ひ首尾一貫の鯉幟

山間や時を刻みて一耕人

悲の字に似し仁王の肋鳥曇

諸肩に日の光背や種を蒔く

小波は湾に揺れ満ち吹流し

義母長逝　八句

春日に笑み約束の脈をとる

春の暮告ぐる童謡母逝きぬ

一世斯く春満月の暈端(ただ)し

母逝くや辛夷咲く辺に一鶯鳥

母に晩年問ふすべもなし藤の花

休らへる棺賞づるのみ梅の許

杏咲ききつたる庭や主亡く

巣の蜂の蠢動明日を恃まなん

ブラスバンドの校舎や春の暮れなづむ

婚と葬往き交ふ坂や花曇

芽木は朱に祝ぎ事告ぐる墓の前

幻住庵

一筋の道の左右や梅と湖

石山寺

百千鳥木目に復る阿吽像

春の野へ衆生を解きぬ五重塔

残雪を薄衣(うすぎぬ)として武甲山

一本(ひともと)の野薊に足り研究室

仏像に惚(ほう)けし夕牛蛙

句読点つけて鶯谷渡り

青年の不満顔吹くしやぼん玉

亡母に買ふ羽二重団子別れ霜

アウトサイダー梅林に弾くマンドリン

年余の稿成るや満天星芽吹きたる

風船は祖父母と孫に野路の夕

娘（こ）は孫に乳やる頃や梅二輪

発起人みな逝きし碑よ猫柳

身の去就定まる時や蔦芽ぶく

初心もて病む人を診む初桜

友逝くとボタンの失せし春の夕

梅の墓地明治人（びと）にぞ祖国あり

阪神・淡路大震災　三句

傷痕の歩道に濯ぐ春の雨

敦盛塚

砕けとびし塚抱かんと春の土

鷺佇つやほむらと紛ふ遠桜

桜さくら満ち足らざれば集ひ来る

泥煙立てて転身春の鯉

茂林寺はかの杜ならむ牛蛙

窓毎に早春の雲盲学校

太鼓打つて器械体操初雲雀

林中を辿る雉子母子不孝詫ぶ

犬山　信長の実弟有楽斎の茶室

運命（さだめ）とは斯くや如庵に花筏

一画の墓を背にして一耕人

蹌踉けしを直らしむるよ耕耘機

亡き友と来し山残雪にて転ぶ

山中に斧を研ぐ僧春立ちぬ

尾鰭揺れ薄氷下にぞ自由あり

二月尽庭師の見入る己が業

壮年は一人で詣づ薄紅梅

吉川英治記念館　三句

荒びたる筆の穂先や梅の蕊

闘ひが主題なりしか梅戦ぐ

好文木筆名二十に賭けし業

古田紹欽氏逝く

雪解野に轍一筋老師逝く

梅林の花下透きゆけり亡き師友

宥し合ふさまや薄氷溶けきたる

仏足の指紋細かや雪解水

父逝きて苦味に遠し蕗の薹

山深き筧や春を囃し初む

象は背の春塵掃かれ瞬(しばたた)き

影連れて川魚の列入り彼岸

花曇拳を緊むる西郷像

花に染み碧眼乙女太鼓打つ

徳富蘇峰筆の碑

春潮に浸る字優し「不如帰」

衝立を隔て壺焼故人恋ふ

白樺に春日や学を貫きし

泉岳寺首洗の井

仇の井に洒ぎつぐなり花吹雪

朝倉彫塑館　二句

凝然と原人群像胡沙来る

墓守の眼の皺幾重夕長し

京　松尾の山路にて

竹取の里に深紅や叶雛

雛の宵蕪村画集を妻に与ふ

何処へと問はるる山路涅槃西風

天邪鬼まともに立てり山桜

上人の撒き餌一振り水温む

寂光院焼失　三句

火を浴びし高枝にはやも松の芯

虚ろなる背ら充たせり木の芽山

再建の札の辺春水簾為し

春眠や辛うじて眼の山嵐

京　大雲院

墓近き信長・五右衛門山笑ふ

余　呉

鳥雲に羽衣失せし翁かな

カンヌ

春深き地中海には思惟の船

プラハ　カレル橋　三句

聖者らの城へ放つや春の鳥

ザビエルを担ふ髷あり春灯

春夕焼褪せて影絵や旅の人

ドレスデン

蒲公英の一輪廃墟に暁けきたる

忙中閑ふかむらさきにチューリップ

青の洞門　三句

鑿跡の窓粗々し春の嶺々

耶馬渓に残りし寸土一耕人

一丈の藤の崖背に禅海像

臼杵

暮れかねて科学以前の石仏どち

中津　福沢諭吉像

固き緒の雪駄姿や鳥曇

眼間に大雅の筆勢つばくらめ

燕や商家よぎりて儒家の軒

落花飛花何方（いづかた）よりぞ鞍馬山

行く春や鞍馬開かずの魔王殿

津和野　二句

巣燕の薬舗や旧りし顕微鏡

国破れ山河に添ふや吹流し

会津　三句

襞の濃き会津山並鯉幟

をみなごの藍の木綿や軒燕

飯盛山

死は鴻毛よりも軽きや城霞む

長者また長命の相藤の花

野薊の彩褪するまで群立す

山の蜂大悟一気に玻璃を去る

大阪府河内長野市　観心寺　楠木正成の首塚あり　二句

日本犬佇む梅の観心寺

中庸の心が忠ぞ梅香る

大阪　富田林　三句

油屋いま軒に医の額寒の明

明星派石上露子の生家　二句

因習を断ちきれざりし古雛

朱の実の鉢おく閾夕長し

紅梅は奥処一隅比丘尼寺

僧の身の躍る午鐘や春の山

真贋の真に翳あり白椿

首を伸し永劫問ふや春の亀

花堤過ぎて逆白波激し

戦没画学生展

明日あらぬ命の筆や独活(うど)の朱

春立つや名刹灯す立て明し

父情かく地に届かざり枝垂梅

八十の春や布袋の臍を撫で

北上市郊外　四句

極楽寺のみが遺れり桃明り

早世の友と歩まな桃の園

木村栄博士

白樺芽吹き遠ち見る天文学者像

春雪の剣なす嶺々傑士出づ

京　三室戸寺

むらさきの山躑躅添ひ浮舟碑

醍醐寺　二句

春雲の掠むや五重の塔揺らぎ

薬師負ふ春塵の背な濯がなむ

逆波の自問自答や弥生尽

土筆五本途方にくれて鉢の中

賓頭盧の耳撫でゐたり花の琴

団子食む火男一人花御堂

翻る虻に及ばぬ変り身よ

没頭に逸る熊蜂花の芯

観梅や奴豆腐に父偲び

幹裂きて枝垂るる梅や荒行堂

千葉市　加曾利貝塚公園

縄文の野面丸太と花菫

長谷寺

萼ごと散る山桜樗牛の碑

陶然と啄む鳥花筏

早稲田　漱石公園

漱石の双眸濡れずも春の雨

関孝和の墓地

方形に区切りし墓地や春時雨

朧夜や麻酔絶つたる無明界

明日退院妻と見詰むる春夕焼

病む身もて病む母訪ふや夕桜

三代の風信子継ぎ母逝きぬ

亡き母の座ゆ撩乱とチューリップ

骨揚げを欠きて少女と花の中

頸傾げざれば愛されチューリップ

仁王眼を剝きて放てり雀蜂

軒の梅栄ゆるよ都心離るほど

梅が香の及ぶ卓上学孜々と

宰相はかくあれ春日の屛風岩

いろはにほへと池の石並み紅枝垂

花明り造兵廠は一石碑

名園は極楽浄土と熊ん蜂

母てふは洞なす幹の藤の房

京　六句

なんぞ暗き鳳凰の鴟尾鳥曇

ほの朱き木の芽潜りつ光悦寺

広隆寺　弥勒菩薩

モナ・リザにあらぬまなざしあたたけし

石峰寺　二句

クルス一基容れて羅漢ら風まぶし

若冲墓

太筆の塚の生涯鳥雲に

喬木の香りに蜂や古都の寺

泉鏡花碑

筆塚や水に影さす白躑躅

東日本大震災　五句

天災に敵はぬ人知と亀が鳴く

地の深き傷痕癒せ春の月

故郷失（う）すは一時であれ鳥帰る

子らは幸皆無の中に入学式

老若ここだ祈りをこむる花筵

花散りて岩源流に犇めける

自づから成れるが秩序花馬酔木

車椅子に無言の父子や白躑躅

草田男碑三毛の鎮座にぬくからむ

千鳥ケ淵
戦没者苑ただに一樹の山桜

天竺鼠授乳に細眼風光る

薄氷や指を微動の測量士

竹の秋向陵塚に苔厚く

花吹雪常に徐行の白鳥艇

兄逝く　二句

会へば破顔の兄の脈とる春の宵

春の別れ棺に診療白衣入れ

懦夫なればば永らふべしや猫柳

妻に示す蕊密生の猫柳

丸ごとの沢庵よく売れ雛の市

靖国神社　六句

飛花の中入るをためらふ遊就館

緩急の落花は何か告げたかり

屋台の列鳥居に格（ただ）し花曇

献木は身代りならめ花明り

花筏離りつ会ひつ神の庭

花満つ故靖国通り沓きかな

飛花の園遺影中にし葬の列

八重桜蕾める許や義母瞑り

翹望の亀呻吟の牛蛙

太鼓橋なれば熟寝(うまい)の残り鴨

生命線伸びしと妻に四月馬鹿

輝くは幼き瞳としゃぼん玉

京　十一句　泉涌寺楊貴妃観音

大和には妖しき貴妃や春の燭

仇野　二句

菫草無縁仏は隣り合ふ

無縁仏屈むは祈り涅槃西風

愛宕街道　二句

晩春や鳥居に黒き犬吠ゆる

翩翻たれ茅葺路地の鯉幟

宝筐院　楠木正行・足利義詮を並べ祀る

白躑躅敵と味方の顕彰碑

芬陀院（雪舟寺）二句

春の水滴り短冊「今日無事」と

雪舟作石亀

モダンアートや頭を昂然と亀鳴ける

檀林寺

芭蕉・応挙の書画冥々や匂鳥

北野天満宮御土居

弥生尽太閤遺す大欅

臥牛の眼に宿る春愁天満宮

母郷ふと水族館に蛙鳴き

生き物が生き物を食む萬愚節

旧友の絵の案内(あない)状春の雪

梅が香の狭庭や義母の七回忌

花万朶囲むや象の小さくなり

帽徽章なき代久しや花辛夷

明日ありて春塵を拭く看護人

労働祭ただだに犇めく白鳥艇

野はさみどり停滞しがたき熊ん蜂

退院や庭に群なす蕗の薹

退院を祝ぐ隣り人木瓜の花

壊す音建つる掛声風光る

草萌の小道辿るや古寺の門

花堤人待つごとく橋いくつ

赤白黄和して同ぜぬチューリップ

暁光に末期輝くチューリップ

雄心は常に保たな松の芯

忙しきが楽しき胡蝶仕事せむ

梅林や微笑互(かたみ)に医学者どち

遅咲を誇るや紅梅「獅子頭」

補聴器を入れつ外しつ春の雪

父の他熟寝の一家花のバス

童子仏梅の門辺に佇める

小石毎亀坐す憲法記念の日

初音頻る妻との外(そと)出(で)久しきに

花明り不易なものに隠れん坊

媼逝く日がな揺らめく家の藤

句碑旧るや庇なしたるやまつつじ

妻待つや朴の大樹に春告鳥

夏

快気の歩若葉日に透く月桂樹

新居にも馴れ蟬時雨幾重にも

梅雨の療舎柱時計を先づ正す

五月野や吾子の声音の一と色に

夏闊達ポプラ並木を女医三人

湖上に奇遇揺るるランプの涼しくて

同齢を見舞ひし帰路や旱星

円居なる一灯及べり月見草

杉の葉雫ここみちのくに心太

濯ぐ泡輝き浜は夏暁くる

胸の辺に扇子や何に頭を下ぐる

憩ひては青田に紫煙ほのと立ち

壮年の実りの彩に茄子垂る

汗の身に薄荷ひろごる四囲の恩

日盛や牛の眼常に従容と

木々に透く渓流を背にハンモック

躬(み)自ら緊めて自由ぞ夏燕

夏草径先蹤たどるべくありぬ

生後直ちの唾艶やかや新樹風

芭蕉生家にて　三句

潜戸の鞠躬如の身涼通ふ

生家涼し紫めきし土間柱

夏冷の土間や立志の固くつよく

鍵屋の辻

討ちし道遠ちへ白々夏埃

蟇ここは退歩のならぬ坂ぞ

サイダー一本中にし語る野の大工

滝しぶき跪坐の形（なり）にて漱（くちすす）ぐ

若葉風三つ指添へて砥がんとす

遠雷や鍬に掌と頤載せ居る婦

玉虫や婚の間近き友の居て

玉解く芭蕉求めきしものの兆したり

ポプラの列街と校庭頒けて首夏

速歩にて壮志保たん棕櫚の花

転機いま鞭打つ音に夏焚火

極まりし花火一切放下せり

金色の花火此岸に禱るかな

参道左右に均しく迅し山清水

素手素脚清水に透けばげに肌色

夏山の粗剛尋めきし一青年

禅林寺　森鷗外・太宰治の墓あり

文芸永く泰山木の花煌と

津軽言葉にとよみし後や宴涼し

本来問ふ夏鶯よ野路の中

実梅地に耀ひ生は全たかれ

滴りの珠玉のごとき業得たし

睡蓮の蕾むや常に時新た

病後三年夏草の香に噎せかへる

火男は踊り努めよ新樹光

乃木邸の黒きに糠蚊一世問ふ

真と贋紛す老鶯向山

梅雨の中添水自ら叱咤して

柩車はや点景となり雲の峰

杜若シャツ純白の女人画家

一寸の虫の快走旱の地

油蟬思案の肩を撃ちて去る

来し方の恩讐互（かたみ）にビール飲む

くさむらに漆黒の羽業平忌

身を愧ぢつつ疾駆の野鼠よ雲の峰

地動説に首傾げつつ梅雨の亀

夏木立なほ新しき兵の碑よ

山頭火句碑に茂れり白雲木

やすやすと自己投影や水すまし

走りきて親炙のさま青蜥蜴

山越せば我が学び舎や時計草

ケーベルの墓

端正の極みのクルス夏木立

俯くが仕事農夫と夏の蝶

研究の結びなき夢明易し

来し方を紡ぎて明日へ古寺の蜘蛛

翡翠に適ふ源流神田川

長篠戦址

別盃の地とや泉の滾々と

夏燕邪気なき男不意に来る

屈背いま一息河鹿なく山路

青蜥蜴引くに引けざる時のあり

六地蔵西日の武甲負ひきれず

鷺草や自他小成に甘んじて

三島　楽寿園

平（ひら）に平に富士湧水をあめんぼう

壮心を甦らせん麦穂波

上人は眼もて指しけり一翡翠

薫風や頑ななまで黙す亀

会津

白光や母ぢやの紡ぐ繭の嵩

事なき日々我が門柱に家守ゐて

実桜や淡々と散るクラス会

花菖蒲一期全うしてゆるぶ

源は谿の瀬ならんここ薫風

生得のまこと顔載せ鷭歩む

微雨は慈雨いのち三年の花菖蒲

黒揚羽湖（うみ）に真向ふ能舞台

門標に本家なにがし夏燕

穢れしを絶つ門や夏燕

西日中老いたる象は顔見せず

駝鳥いま水平の視野夏野原

方一里郭公鳴き交ふ山の里

山頂は涼しいそいそ測量す

三峯山頂

夏雲の産土(うぶすな)千里秩父嶺々

蟬時雨楼門の影父に似て

小林秀雄墓

傾ぐ頭の墓鬱然と夏木立

トルソーの群に妬心やはたた神

梅雨の明老象軽く四股を踏む

梅雨を賞で腹みな丸き七福神

父母は同じ月の忌虹の橋

わらべ地蔵と念仏したり蟇

腹白きを愧ぢてくちなは草に消ゆ

戦没学生墓碑は崩ゆるな額の花

紫陽花の山降り仁王の膂力欲る

四神の一つ玄武のさま現前

亀に触れしままのくちなは神は在り

金福寺

夏木立慈眼に描かれし芭蕉像

洛北の杜より現れて捕虫網

清水寺

力学の支ふる舞台雲の峰

宇治変らじ賽銭箱に蟬の殻

文芸もとをみなに通ひ杜若

刺小さく白きが日本薔薇展

壮年を越えて壮たり夏柳

真つ平らなる水ありて水澄

原爆の図丸木美術館　二句

御仏に昇華の母子や虹遥か

天使のごと睡る赤子よ灼け地獄

古城址や会釈も軽き夏姿

童地蔵ごとに聳えぬ夏木立

山路来て札所や水と梅干と

麦の秋雲を脱がざる武甲山

谿清水屋根あれば足る診療所

蟠るほどでなき些事心太

正座にて昼寝鑑真像を売る

甍光るは橘寺ぞ遠青嶺

白鷺の胸辺宇治川滔々と

虎ノ門

かかる処に玄白の墓枇杷熟るる

干梅は蓆に行（ぎやう）や山門前

年を経し業こそ祝がん額の花

溝清水逆巻き流る鞍馬宿

寂光に眠るでで虫光堂

末広の男滝に祝がな師の快癒

京 四句

頭を失すも地蔵合掌梅雨の中

夏深し古堂の縁に箱人形

三千院

石楠花に雨や雪佳の御所車

雪佳は琳派最後の近代画人

石に火花金剛杖のごとき滝

奈良　二句　當麻寺

円窓の大きに待たな夏の月

大福帳柱に厚し油照

夏の果壁を痛打し友逝きぬ

人待つや葉脈直き花ぎぼし

亀の子やはや老荘の相を帯び

短篇めく大道芸や南風吹く

吉野西行庵　三句

庵を尋めきたる壮者や黄金虫

夏雨や桜木太く庵支へ

岩清水忽然と現る嗽がばや

パリ　二句

杜の夏暁け来二頭の蹄跡

大学の森接ぐ橋や薔薇盛り

ギリシア

廃屋の底の泉に慎めり

帰りては大和島根の花菖蒲

縄文の矢尻の光はたた神

手弁当開く壮年河鹿笛

滝壺や何れも仏貌の鯉

古生層白々と灼け羊歯一と葉

緑蔭に昼灯が一つ母の忌過ぐ

萬緑や心肺自づと蘇り

黄金虫のむくろ輝く薬師前

京 祇園祭

遠き代の濤の千声（ちごゑ）や山車来る

吉田山

木下闇三高寮歌の碑に明けぬ

蟬旋回大地を狂ほしきまでに

忘我いな没我といはん蟬時雨

京　養源院　宗達の象

杉戸より出づるかに象雲の峰

札所途次沢蟹沢に戻しやり

岩手にて　二句

自づから茂る薬草極楽寺

街道より奥まる夏炉旅に友

秩父　六句

青光るかなぶんぶん訪ふや志功展

十大弟子の巨き眼歩む夏の嶺々

夏山に対ける巌や詩を刻み

製錬所膝下に侍り夏武甲

頂の札所に涼み白痴と父

地蔵の群護る一家や夏焚火

泉に地蔵合掌せざるべからざり

H君

友逝きぬ水面擦りゆく一羽の鵜

見えぬ糸に揺れつつ毛虫抗へる

念仏地蔵の渇き癒せや岩清水

頭の苔は涼しき頭巾羅漢どち

仁王門に昼寝無常の夢ならん

振戦の掌にお結びや滝しぶき

振戦　手指のふるへる病状

怒と恕との心は一つ蓮の花

薔薇の園越えて高朗アヴェ・マリア

朝な朝な狭庭に妻や君影草

吉報来向日葵の芯厚く画き

快方やポプラ並木を夏燕

楽しみは極むるなかれ茄子描き

はらから皆健し杏を二三捥ぐ

逗子　蘆花記念館　三句

はらからの故に愛憎桐の花

青梅雨や鏄の文字めく弥生土器

猫板に四葩一輪祖母恋し

アイリス展窈窕国を問はざるなり

早苗植青年白く脚洗ふ

外語大に真白きターバン夏燕

ひた歩む毛虫変身願ひつつ

空蟬を葉裏に留め江戸の句碑

へび瓜や畸人当今稀となり

緑蔭や小犬とをみなら相睦み

石楠花の群れ南海に散りし友

中年以降なれば細やか草刈れる

菜刻む指太々と祭来る

励まし励む掛声若し雲の峰

乃木識らぬ青年恬と冷房裡

深大寺門前

鬼太郎茶屋の壁の火の玉雷をよぶ

妻が水に色極まれり千日草

水平の水位に涼み水族館

揺らぎては大悟に遠し山椒魚

悠久の声音の胡弓梅雨の蝶

肩鞄中学以来や夏燕

源流は閑か欣喜の水すまし

野仏は供花を友とす雲の峰

年毎に盛る凌霄母亡き家

新樹光隈なく包む無縁仏

Y君逝く

凝然と喜雨にうたるる五位鷺よ

翡翠の気儘を期してカメラ群

河骨の水影模糊と落城址

藁葺の厚きに添へり花水木

鎌倉　三句

荒梅雨や腰越状に愁眉の字

土牢格子戸歪みしままに梅雨明くる

実朝を護るかに神将青嵐

今年竹高きを競ひ農学校

一草木泉に浸り梳る

泉迎へ遥かへ送り小祠旧る

クルスの墓に白百合野面甦る

虚子像の背らや松と百日紅

名刹や杭に坐禅の油蟬

杖・白痴・聖女の現れて薔薇の園

惚けては聖の面晩夏光

少なくも集ふ級友花蘇鉄

解き難きまつりごとかや雹が降る

梅雨深し異人の仰ぐ軍人像

自賛やがて自壊となりぬ噴水どち

覇王樹の中や真白き乙女像

下闇に昼寝容れたり円覚寺

足萎えを留むる薬師夕立晴

獅子倉一彦氏埋骨の儀　三句

壺のお骨聞き入る読経雲の峰

埋骨や汗の掌数珠をもみくしゃに

埋骨を了るや驟雨虹の橋

蟇小池に浮きぬ良き隣人

アガパンサスに戦ぎやまざり黒揚羽

緑園に一家の放水虹生れよ

恩人の旧居に汲めり井戸清水

仮眠哀れ中高年の夏期講座

法話後の充足感や虹の橋

先づは楽発(おこ)す芸人若葉風

杖の妻を支ふる老夫晩夏光

白々と鵜の水脈(みを)はろか古戦場

憩ひては身の涵養や風薫り

一釣人地蔵に似たり夏霞

七月の池畔の寂光描きをり

祈るかに蕾あまたの薔薇「ピース」

七変化師の一と筆に蘇る

紫陽花や心耳欹てクラス会

老友の健啖羨(とも)し梅雨の明

メタセコイアの背なは真直ぐや風薫り

下闇の一隅にあり孔子像

下闇や童謡詩碑にもぐら跡

噴水どち扇と開き楽譜の碑

退院や網戸発ちたる黄金虫

大き汚池(をち)に注ぎやまざり岩清水

青葉木菟記憶の中に人は生き

秋

湖の艇に離るな秋燕

星生れきし明るさのまま稲架匂ふ

吾子の辺恋し橙色に稲田の灯

木下杢太郎全集　その人その時を思へば

郷愁に近き羨望星祭

古色とも勉学の灯よちちろ虫

夕刊戸毎に秋の入日を敲くなり

衣そこばく買ひ黄葉路妻と帰る

蚯蚓鳴く冷眼暖心何業にも

秋曇予后を断じて憚らず

子負帯胸辺にただし垣朝顔

工区の秋飛鷗自影を確かめつつ

北海道　二句

げに壮心秋嶺を越す朝烏

オホーツク秋や翹望一釣人

稲扱や無想はつねに伏し目にて

横顔は工図画くらし月の小屋

白刃の連山遠ちにし林檎垂る

霧の中放馬諾ひ顔揃へ

秋立ちぬ木橋に集ふ鯉の口

松山

朝霧の城に湧きつぐ街の音

猫の舌に水輪さだかや野分去ぬ

病者みな明日恃むらん虫時雨

ドイツ　フライブルグにて　五句

疏水細く澄みて大学暮れんとす

聖堂や光陰刻みて疏水澄む

ピラカンサ黄に黙す秋戦没祠

クピドと髑髏のみの壁絵や秋の声

国境の岸の黄葉に老二人

ベルギー　二句

秋燕運河の多き国へ発つ

秋の果運河群青湛へたり

パリ　二句

壮年像は眉目秋思のバルザック

トランペットの道化鄙びて黄落期

スペイン　ハビエル城　二句

秋の野の古城は終(つひ)の巡礼地

仰ぎ目のザビエル仰ぎ秋日中

ニース

教会は古りて糸杉実は堅し

ギリシア　六句

尾花日に鬣（たてがみ）なすや城の跡

獅子起てる門遺るなり古城の秋

秋の声聴くや山頂太柱

主命待つごとく駿馬や峡の秋

神尋めきし山路遥かや葡萄畑

馬と騎手像

悍馬駆つて童の指すは三日月か

香港

緩急の太極拳や竹の春

名札得て一木一草露に生く

仲秋の堰を切つたり碧しぶき

延命の薬一粒河口は秋

地は褥衣（きぬ）は光に木の実どち

宗像元介氏霊前

温顔は慈顔となりぬ菊の額

涅槃門彼方の人も秋時雨

杜の秋四角な卓が思索する

柘榴陽に残せし仕事為遂げねば

アカデミックさらばや柚子の樹々遠ちに

青瓢自己満足に些々揺れて

本然の鯉痩身や黄落期

孫生れて栴檀の実の輝きぬ

医王門に垂るる蓑虫医は難し

拝観の開門待つや啄木鳥と

耳の下瞳を授かりて鹿親子

栗笑むや悍り顔とまこと顔

鴫立庵

能面の翳の端雅や庵の秋

研究は闘ひなりき野分雲

風狂となるに才なし烏瓜

島の橋西瓜を揺らし媼ゆく

念願の稿を了んぬ魂祭

来し方の凝集の書よ秋彼岸

句集『月桂樹』

火男の子故の手振り草紅葉

荒屋(あばらや)の太鼓打たばや峡は秋

巨き諸診療椅子に載せて去る

秋草を刈るが手向けぞ五輪塔

敗戦日地蔵頭巾を目深にす

余呉周辺　三句

羽衣の翔(かけ)りし湖蛍草

巻雲の放つ三日月三井の鐘

郷語る島の店先雁渡る

秩父困民党
この鐘になだれ入りしか秋夕焼

伊能忠敬十代に自家設計せしといふ
才ははや間取り規矩たり鰯雲

哲学堂

薄紅葉「概念橋」に躓きぬ

檜いよよ翠黛雨の紅葉山

彩さはに展べし和紙展実紫

辻々の香は新生姜高麗に入る

象老いて真珠の爪よ秋曇

秋暑し若き僧読む経済紙

奥嵯峨や榠樝の実を活け木魚打ち

宇治秋霖昔様なる胡麻豆腐

落柿舎

秋草の園に竹下駄履けとこそ

小倉山　三句

公卿の墓なべて小振りや暮の秋

秋日差す赤松一樹時雨亭

鐘の音のいにしへ恋ふや紅葉山

絵心経旧りて祇王寺薄紅葉

白道に木の実あまたや知恩院

小野小町を祀る随心院　二句

竹林に深く文塚色鳥来

鬼灯の色褪せざれや文の塚

百歳像なほも微笑む花芙蓉

秋暁の明星仰ぐ日々を謝し

秋天に突き出す拳武甲山

吉野　四句　西行庵　二句

己が像棄てよかしとや秋の声

やや高きのみの床の間初紅葉

秋風や暖簾の蟇に陀羅尼助

陀羅尼助　苦み薬

脚早の山伏一行稲穂風

秩父　四句

一番札所三叉路にあり秋の嶺々

山路来て二番札所や柚子の栄

鈴の音の同行若し霧を発つ

山里に住みつきし貌銀やんま

松江　小泉八雲記念館

秋時雨怪談生みし長煙管

鎌倉文学館

風貌に通ふ筆蹟秋彼岸

殿塚を囲む樹の根々露団々

一筋の秋の滝経て結願寺

屋島路や妻を支へて秋遍路

丸亀

蕪村寺門の鯱より秋黴雨(あきついり)

はらからへ讃岐ゆ饂飩秋彼岸

京　二句

光悦寺過ぎて一と葉の柚子を求《と》む

吉野大夫墓地

比翼塚隔て垣なす実紫

奥羽にて　十一句　久慈　二句

赤松に水澄むところ琥珀生る

海猫の啼く浜去りて秋ともし

三陸鉄道　二句

童話めく車輛の灯が恋ふ星月夜

車窓訪ふあきつ孤高な友の貌

達谷の窟　二句

北を守る大毘沙門天野分雲

秋の燭暗しいくさの大窟（いはや）

平泉　二句

弁慶は堂に閉ざされ秋の蟬

撞座(つきざ)はや朽ちし梵鐘木の実降る

一関　大槻玄沢邸跡

一郭の花野を遺し蘭学者

切々と精霊蜻蛉浄土浜

碁石海岸

浜は秋神鏤めし黒碁石

京阪　六句

鞍馬石の達磨秋思を拒む眼ぞ

三絃の舗の日の丸敬老日

萩祭腕に籠むる恋の舞

義仲寺翁堂

亀・添水時を待つごと堂の前

竜が丘　俳人墓地

身に入むや蕉門十七墓碑の句座

実柘榴や赤き心の絶えて久し

烏瓜因果めきては古寺の崖

今ここに在るが命ぞ烏瓜

一刀彫に光る断崖冬迫る

地続きに草田男虚子碑星祭

星合や土偶に小さき耳飾

供物はや撒き餌となりぬ敗戦日

はらからと会ふが習ひや敗戦日

苔厚き先哲の墓敗戦忌

信州　十句

にれかめる牛の大群大花野

山霧や目覚めそめたる薄雪草

薄雪草　エーデルワイス

塩運びし馬の観音霧に並(な)ぶ

美ヶ原高原美術館　二句

修道女の頭は黒鳥や花野道

菊池一雄作　家族

伏し眼の父開く眼の母野路の秋

朽ちし樋にたばしる秋水碌山館

榲桲(まるめろ)や白浪荒き諏訪の湖

街道は真直ぐや格子に白桔梗

安曇野

詩碑の許秋嶺臨む平和郷

蟷螂の生かされてをり太柱

鐘楼を囲める照葉禅の古寺

さみどりのまま安らかや虚栗

千草に水遣りて出勤異邦人

稲光一と日の病臥肯へる

無用の用肩をいからす案山子どち

秋日和白痴の覗く望遠鏡

鰯雲ロシヤ民謡祈りに似て

ガラシャ墓地満天星紅葉極まれり

近江長浜

辻々にギヤマン灯に栄え浦祭

古戦場あれば名刹秋の声

三界万霊供へて始む村祭

黄葉せぬ銀杏大樹や波郷句碑

河越城址

野地は秋甍れしままに城址札

紅させる卒寿を診るや星迎

一叢の雨後の木槿（むくげ）や父母浄土

乃木将軍墓地　二句

乃木・直哉同じき墓地や秋時雨

子息より低き墓標や露の秋

鎌倉　安国論寺　三句

蜩の声沁み入るや御法窟

洞窟をしばしたゆたふ秋の蝶

蜩を左右に阿吽の口緩び

とんばうの杭を発つては野路青し

蔦の這ふ松は壮年浄水場

渓紅葉絵筆の先に無我の在り

学園黄葉突如吹奏楽おこる

棚朝顔空に語るよ幼稚園

大南瓜横臥己をもて余し

単色は単純ならず菊花展

竜胆や尠なうなりし竹馬の友

凡庸は平穏南瓜の肉厚く

秋日和山羊は能なき大臣(おとど)に似て

風流は瘦せぎすにあり長瓢簞

多摩墓地

十字路に秋思や新渡戸稲造像

秋の薔薇陰影無くば軽からん

夫婦カップは友の手土産快気の秋

飄然と生くるは難し長瓢

黄落や薬師堂経て不老門

文士村今や社寺のみ柿の秋

聖堂黄葉心許なき折に訪ひ

黄葉や学びは常に若々し

リハビリの吾(あ)に常のごと鶺鴒来

鎌倉　二句

山門に秋水一条松陰碑

沢庵を古都に味はひ秋彼岸

蹄の音籠むる馬頭碑露の秋

国分寺　五句

野は秋や悠久刻む礎石群

礎石のみ遺る尼寺金木犀

平らかな国分寺跡柿明り

地層閲(けみ)すは面壁のさま秋深し

銀杏散る七重の塔の跡にのみ

鳥渡る魂魄込めし兵の遺書

代を経ては駆込寺に桔梗群れ

鬼灯はうからの数よ亡母の厨子

東慶寺

先師鋤きし畑に数珠玉光りをり

白芙蓉青春ただに硬かりき

夏目坂　二句

牛丼に明治の香り坂は秋

行く秋や古書市展く夏目坂

秋暑し遺すほかなき将軍像

陋屋にアーチや紫紺の牽牛花

禅林や鋼のごとき竹の春

翌檜の撫肩幾重墓参り

行人みな旅人なりと玻璃の秋

墓参后の野面や烏甘え鳴く

快癒の身鯛二重三重の中

竜胆の一束童地蔵前

クルス墓碑蜻蛉十字に安らへる

京　八句

掛軸に烏瓜添へ雪舟寺

文机に柿吊り落柿舎久しかれ

正伝院

実南天四方を充たせり禅の寺

実南天比叡の裾は広漠たり

木洩日に紅葉の影や嵯峨の歌碑

毘沙門堂

夢幻かくはろかに紅葉観音堂

兼好墓地

仁和寺の塔やや离り暝る秋

丈山居离れば竹の春聳ゆ

退院に吾子の赤飯小望月

平俗にあらぬ平穏零余子喰ふ

蘇生かく大雨の後の草の花

饗宴や椋鳥群るるピラカンサ

賑はしき絵手紙展や星祭

父母のなき故郷はろか温め酒

高尾山

麓はや秋冷六根清浄碑

愁心はた無想に診待つ秋光裡

豊潤な柚子の実仰ぎ癒ゆるかな

地蔵堂白菊常に供へあり

颱風など何ぞと友ら吟行へ

幾許の自著読みつぐや秋の声

贈り人如何にや年経て蘭開く

秋ももやや法話聴き入る身障者

つと求む鷗漱論や暮の秋

杜鵑草隣人老いて犬を飼ひ

秋晴や歯科にて会へる両隣

葡萄食む検査結果を肯ひつつ

大銀杏散るや己を尽せし後（のち）

父賞でし干柿食みつ誕生日

旧友の相継ぐ訃報柘榴裂け

秋郊の朱を淋しと画伯云ふ

七夕竹さはに戦ぐや城の址

羅漢らの垣結ひ去れり竹の春

月の交番パン齧りつつ巡査現る

診了へし吾を迎ふや望の月

贈られし林檎に渇き癒すなり

冬

雪淡く汽笛さだかの帰郷かな

何か虚し雪満載の貨車過ぎて

体温計雪の降るてふ気配さへ

狂院に冬日洩れさし三輪車

卵一つ厨の窓に降誕祭

木々に艶吾子薔薇色に冬経つつ

友の訪れ笹の葉鳴って雪零る

そこのみ明し模型飛機店冬の子等

観潮楼遺跡

胸像の外套ずれしに冬日親し

雪の嶺々朱勝りたる膳の上

桜島

島は溶岩（らば）マラソン一人冴え来る

均されつつ宥まる瓦礫寒の入

兵らの墓地自転車轍寒く残し

冬園や飽くなく癇癪玉を撃ち

老の睦みに遮りもなし冬の耕

雪息（や）むや起重機安堵の形となる

献身とや雪降る中に滑り台

雪まろげ五つ程あり古戦場

冬の噴水善意小さく守りゐるよ

冬耕や次なる畝へ膝を撫し

煉瓦塀沿ひに雪踏み虜囚めく

緩急は天意のままに雪降れり

女子寮に佇つ望郷の雪達磨

雪落ちて弾む枝々吾子旅立つ

小窓にてギター教習柿落葉

真白なる志向や冬木の剪口は

職場に欲る冬渓川の鬩の声

立冬の轆轤廻す背祈るなり

映ゆるより高きを翔（かけ）れ都鳥

稲村ケ崎ボート遭難碑

白浜は闊（ひろ）き褥ぞ冬の波

西田幾多郎碑

寸心碑冬日は海に燃ゆるのみ

為ん術はあり冬海を一白帆

義母　二句

節分に見舞ふやひたに眠る母

余命ある限りの息や雪降りつぐ

シベリア上空
影蒼き雪嶺涯なしなほ戦後

ドイツ
天賜びしごとく白鳥国境

プラハ　カレル橋

聖者の橋白鳥一羽かしづきぬ

北海を灯しゆく使徒冬鷗

香港

短日や跪坐の祈りは身じろがず

顕微鏡なほ観る幸や雪しまき

絵馬の文字なべて一途や寒紅梅

塩の商標今なほ青し雪の嶺々

旧師なほ耳目全し冬の梅

天よりの雪の言の葉母の忌に

籠絡もたのしきかなと鳰

何処（いづこ）となく人現れ来たり冬の寺

東慶寺門前漱石碑

臘梅や懐旧の文字彫り深く

天地の黙契の中寒の梅

佃島

寒雷の雲や写楽の終焉碑

蘆花恒春園

冬木立居間の昼灯は母の色

銭洗八重に皺みて寒の水

澎湃と辛夷の冬芽講義室

母が七回忌畢んぬ鶴の声

豆電球山門飾り寅彦忌

探梅行君子いづちに立ち去れる

浮寝鳥真意解かるる時をまつ

老いたりな冬菜食む象脚拍子

冬うらら栗鼠に宿かす閻魔堂

降誕祭大道商に地を給ふ

跋渉の身を包むなり冬至の湯

幾代経しアコーディオンや社会鍋

冬耕の二人至福の茶を啜る

潔癖の友の早世鶴凍てぬ

円かなる古墳の裾辺兎跳ね

妻描きし鹿を鹿食み冬うらら

仁王朱に力みすぎたり山眠る

かつての教室秘書認知症となる

みんな昔とのみの一と言冬紅葉

三橋鷹女像

寒雲の彼方を見詰め帯姿

冬紅葉下校の笛吹童子かな

雄心を育む大地大根引く

焚火いま烽火となりぬ早雲寺

一斉に道掃く学僧年迫る

寒満月自力他力を問はざるなり

雪冠る武甲北面友癒えよ

母多言父一言や冬の滝

真間の手児奈

手児奈橋何ぞ群れ飛ぶ冬鷗

己が尾の音に栗鼠の眼雪催

千住　二句

黎明に似し雪明り腑分けの碑

朔風の岐路に端然左内墓所

左内　橋本左内

齢は問はじ蕊くれなゐの冬桜

円山公園

龍馬立ち慎太郎坐す冬茜

冬霞比叡を仰ぐ崖の墓

寒梅や義憤のごとく電気鋸

吉岡句城氏を悼む　二句

頭を背なに委ねし鶴よ訃報来る

汝が魂は那辺に在りや海鼠食む

冬萌や人体図を懸け整骨院

冬日差象の児はやも尊者貌

秩父　七句　平賀源内居　六句

文理一つとキセルを構ふ冬紅葉

冬の嶺々吾の他訪はぬ源内居

音コトと猿や小春の源内居

源内居猿と間をおき日向ぼこ

隣り家の軒に鬼面や冬籠

冬紅葉白樺交へ源内居

山小屋に太鼓湧きつぐ白ばんば

哲学堂

世は憂しと天狗幽霊冬籠る

白鳥の黒瞳園児に疑心なく

節目為す旅や裾野に冬の虹

贖ひのなきが命ぞ冬桜

三猿みな忙しきさまや冬木の芽

幾重にも包みし歎き寒牡丹

降る雪の鎌倉駅や武家屋敷

香月泰男展　二句

凍空の異土をうねるや汽車煙

聖者はた夜叉を葬り雪昏し

筆塚や蕊を遺せる寒紅梅

本然と咲くや幹なき冬桜

S君逝く　二句

裸木は太し男気貫きし

詩を語り医を論ぜしが寒茜

冬怒濤哀歌久しき遭難碑

海の面は沙漠のごとし冬怒濤

学と詩の半熟の身や寒卵

冬薔薇開ききらざる叡知あり

三猿を超え得ぬマイム花八手

僧真顔太き大根捌きをり

冬麗屈背の二人鍬と鎌

天狗の鼻香煙に耐へ小六月

舎利殿の臘梅に消ゆ墨衣

かつての萬緑東京句会　後楽園

冬桜涵徳亭は変らざる

明王の赤き眼光男滝涸る

冬帽を脱げり薬師のまなざしに

半白の妻と汁粉や開戦日

魂を胸辺に預け浮寝鳥

冬萌や黒帯一陣駆け来たる

キリスト教徒の友人

友帰天寒夕焼の雲の疾く

雪催病は人を素直にす

小石川植物園

養生所遺すや井戸の冬清水

古寺の垣無償に結へり年の暮

呵々たるは布袋一人や年の市

百合鷗群れ翔りくる快癒の身

過不足のなきが労り菰を巻く

細やかな声音世に絶ゆ冬清水

目鼻なき地蔵に毛糸鮮やかや

冬の野に白樺吾は一学徒

舞楽下座炭火に笙を温めつつ

亡き父母と輪蔵押すや寒の梅

四温光占ひ構ふ狐塚

楷の葉を医書の栞に年送る

冬薔薇の刺や妬心のなくもがな

風花や肌薔薇色に蕎麦を伸し

一隅の冬日に甘え豪猪（やまあらし）

寒梅や素朴同士の力石

さみどりに冬木描くや麻痺の腕

ブーツ闊歩吠ゆるを知らぬ犬が蹤き

枝振りに妥協はあらず寒の梅

雪吊やはらからなべて快方に

将軍像より映ゆる母子像冬ぬくし

太鼓打つ腕逞し厄落

生は死を内包すとや寒の薔薇

甘藷先生墓にをみなら冬麗

冬の日に合掌の栗鼠愛しまれ

お結びに戦友二人寒の梅

懇ろに道を整（ととの）ふ冬の梅

俤を載せて喪の報白侘助

神の庭祝詞めきたる焼藷売

大の字に庭師の仰臥冬日向

温室（むろ）緑啼くを忘れし鳥の群

温室木蔭巨き觜擦りつづけ

温室に仰ぐ無憂樹菩提樹沙羅双樹

背に浴ぶる冬日や父と語りたし

兄逝きぬ寒鴉久しく啼き交はし

生かされて生くや黄味盛る寒卵

物思ふごとし蕾の寒牡丹

京 三句

神無月城南宮上鷺翔る

をみな面々名刹前の焼藷屋

冬の旅絵入りの因果経に終ふ

母の後啼きつぐ仔山羊冬麗

リハビリの聖樹下聖歌の一嫗

豆撒くやはらから遂に一人欠け

豆のみが変らぬものよ鬼やらひ

咳つよき隣人憐れみ寐ねがたし

義母給びしセーターを身に退院す

汝が論文グレートなりとや寒紅梅

二十歳（はたとせ）経て旧友来る実千両

白き腹互（かたみ）に示し狸寐入る

寒の水供ふや無垢の母なりき

冬靄の橋を模写しつつ旅心

新年

壮年や伊勢海老甲冑朱と玄

竹の彩伯仲の中年迎ふ

初日差襟白くバス車掌過ぐ

年酒后の睡りしばしよ父母の許

恩恵は忘れやすきよ七日粥

山鳥の目隈真つ赤や年新た

伊能忠敬像

大股に発つ袴(はかま)形(なり)年迎ふ

風神の丹田太し年新た

福寿草間近く撮りて蹟きぬ

開かんと親指小指福寿草

どんど暮れ達磨は遂に逆立ちぬ

受けつぎし身体髪膚初詣

子を抱きつつ争ふましら女正月

稲村ケ崎

初富士や相対くロベルト・コッホの碑

初富士全容この脚力を恃みしあと

出勤の日の出の中や読みはじむ

はらからは七十路八十路七日粥

弓に矢を番へて永し初神楽

存分に間合計れり弓始

鏡面と一心同体弓始

寿の字に似る盆栽弓始

飢・いくさ忘るるなかれ弓始

金色の琳派画集を読み初めに

初旅や藁の赤駒求（と）め得たる

年迎ふ精励とどむる古文書展

浄めては映ゆ一月の草田男碑

福寿草心の字体に写経堂

村社のみが遺りて初神楽

門前の蕎麦の由緒も注連飾

キリシタン灯籠に燭初日影

達磨市達磨に眼入れ願ふ列

世にはたと睨めつこ消ゆ達磨市

達磨市達磨に似たる達磨売

達磨市ひよつとこ面に安らげり

大和島根は達磨を生まじ達磨市

被害情報慎しく置く雑煮箸

笑ひは若し運否天賦の初神籤

おみくじの許や春着のさんざめき

若き眉宇祈りは長し初日影

事なきに妻の転た寐年新た

安否気遣ふ齢となりぬ年賀状

故友画きしカレンダーにぞ破魔矢添へ

句集　夏鶯　畢

あとがき

筆者は平成十年、十七年、二十三年に、夫々、句集『月桂樹』『探梅行』『寒の薔薇』を上梓した。これらの句は、何れも俳誌「萬緑」に掲載されたものである。前記二句集は、中村草田男師、成田千空師の選をうけたものであるが、『寒の薔薇』は「森の座」に載せたもので、両師の選は受けていない。その間、ほぼ十年は、多忙のため休詠している。今回、その後の句を纏めようとしたが、句歴を振り返る意味もあり、先の三句集より選び、それらとその後の句を併せ、纏めてみた。近時は、時折り体調を崩し乍らも、休暇、或いは学会の折り、全国各地、諸外国を訪れ、句作を試みた。前記三句集と近作により、九六一句とした。

俳誌「萬緑」の発刊は、中村草田男師の発意により、昭和二十一年の創刊から、早や七十年の歳月を閲した。その標榜するところは、芸と文学という表象的命題であるといえるであろう。いうまでもないが、ここに「萬緑」の存在の意義があるものと愚考する。

今後、俳句の趨勢が如何に変っていくかは解らぬが、「萬緑」に拠る方々は、その作句的心構えを忘れてはなるまい。かかる点、小生、甚だ忸怩たるものがある。今回、拙い句集を刊行するにあたり、「萬緑」の誌友、俳壇に深謝するとともに、益々俳句の発展することを願いたい。尚、この句集の句には、やや訂正したものがあることを付記し、自撰二十句を挿入したい。

挿画として、明治から昭和にかけて活躍された琳派画家、図案家の神坂雪佳の図案集、『蝶千種・海路』（芸艸堂）より数葉用いたことを付言する。

一本の野薊に足り研究室
宥し合ふさまや薄氷溶けきたる
白樺に春日や学を貫きし

戦没画学生展

明日あらぬ命の筆や独活の朱

広隆寺　弥勒菩薩

モナ・リザにあらぬまなざしあたたけし
懦夫なれば永らふべしや猫柳
生き物が生き物を食む萬愚節
快気の歩若葉日に透く月桂樹
壮心を甦らせん麦穂波

会津

白光や母ぢやの紡ぐ繭の嵩
忘我いな没我といはん蟬時雨

青葉木菟記憶の中に人は生き
風狂となるに才なし烏瓜
幾代経しアコーディオンや社会鍋
学と詩の半熟の身や寒卵
冬薔薇開ききらざる叡知あり
生は死を内包すとや寒の薔薇
兄逝きぬ寒鴉久しく啼き交はし
弓に矢を番へて永し初神楽
浄めては映ゆ一月の草田男碑

平成二十八年十月

木津凉太

著者略歴

木津涼太（きづ・りょうた）　本名　伊藤 進

1925年　埼玉県生れ
　　　　千葉大学医学部卒、内科学専攻
　　　　埼玉医科大学教授をへて、名誉教授
1947年　萬緑入会
1972年より1988年まで、多忙のため休詠
1992年　萬緑新人賞
1998年　句集『月桂樹』上梓
1999年　萬緑賞
2005年　句集『探梅行』上梓
2011年　句集『寒の薔薇』上梓
　　　　『現代俳句精鋭選集11』に出句
2014年　『平成俳人大全書第四巻』に出句
現　在　萬緑同人、俳人協会会員
　　　　よみうり文化センター荻窪俳句教室講師

現住所　〒166-0001　東京都杉並区阿佐谷北4-28-5

句集　夏鶯(なつうぐいす)

発　行　平成二十八年十一月十五日
著　者　木津凉太
発行者　大山基利
発行所　株式会社　文學の森
〒一六九-〇〇七五
東京都新宿区高田馬場二-一-二　田島ビル八階
tel 03-5292-9188　fax 03-5292-9199
e-mail mori@bungak.com
ホームページ　http://www.bungak.com
印刷・製本　モリモト印刷株式会社

ISBN978-4-86438-560-2　C0092